木洩れ日

Iida Hiroshi 飯田　博句集

ふらんす堂

序

本書は、飯田 博さんの第一句集である。
飯田さんは、「天頂」に入会してまだ四、五年ほどであるが、それ以前から俳句とのご縁は長かったようで、「天頂」に入会されると間もなく句作の燃焼度が高まり、次々と佳作を発表されている。洒脱にして篤実なお人柄そのままに、句には素直な詠み口の中に飄逸な味わいがあり、且つまた飯田さん特有の奥行のある作品が少なくない。

風 船 の 糸 の 長 さ に あ る 自 由

これは本書劈頭の句である。水素を入れたゴム風船は高く上昇しようとするが、糸で繋がれているので、当然、糸に「束縛」されてしまい、糸の長さ以上には飛べなくなる。これはだれが見ても、「自由」とは真逆の「束縛」状態である。だが、この「束縛」は、まったくの負《マイナス》状態かと言うと、そうとは限らない。風船は糸に繋がれることによって、遠く飛ばされる危険が薄まって安全なのであり、かつまたこの糸の長さの範囲内においての「自由」は存在するとも言えるのである。掲句は、「束縛」の中にある「自由」、「自由」の中にある「束縛」、その両面を詠み当てているのである。掲句は、ただ幼児が手に持つ風船を詠んだだけのもので、むろん、作者の方は、「真の自由とはなにか」などと堅苦しいことを言うつもりはない。だが、読み手の方としては、すこし深読みしたくなるのである。たしかに、「自由」とは、自分の思いどおりにできるということではあるが、無規範で野放図ということではなく、自分の位置する社会的状況において一定の制約があるのである。つまり「自由」と「束縛」とは、場合によって両立するものなのである。

本書には、この句のようなさりげない日常詠の中に、読み手の方がついつい深読みをしてみたくなるような、奥行のある作品が多く見られるのである。

喪が明けてからの喪ごころ春の月
木洩れ日を拾ひ集めて三尺寝
日向ぼこ生国遠き者ばかり
色々の落葉ひとつの火となりぬ

まず、「春の月」の句。「喪が明けてからの喪ごころ」の措辞に、ちょっと虚を衝かれた感がする。通常、「喪明け」後は、日常の生活に戻り、日常の心持ちに戻るものだからである。けれども、人の心は奥深く、無数の襞や緒《お》をもつものである。殊に大事な人を亡くした悲しみはいつまでも消えることはない。喪中の悲しみはむろんであるが、むしろ喪が明けてから一層喪失感が募り悲哀の情が増すものである。そうした心の機微を、さらりと平易なことばと調べで詠んでいる。それが却って惻々として読み手の胸を打ち、心に染みるのである。「春の月」は、月面が潤みがちで、またそのやわらかな月明かりが、やさしく「喪ごころ」を包んでいる。

次の「木洩れ日」の句。真夏の木洩れ日の下は、まぶしく暑いものだが、案外風通しは悪くない。また照葉樹の葉影が多く重なりあっている木の下はさらにしのぎやすい。掲句は、「木洩れ日を拾ひ集めて」とあるが、「日」だけを拾い集めたら暑くてたまらない。言うまでもなく、木の葉が多く集まっているその木蔭の濃いあたりに見当をつけたということを、「木洩れ日を拾ひ集めて」と表現したのである。「木洩れ日」ということばの「日」ではなく「木洩れ」の葉影に視点をずらしているのである。言わば、木蔭での昼寝の情景を、陽と陰とを入れ替えて描いているのである。

そして、「日向ぼこ」の句。長年同じ在所に暮らして親しくつき合っている人たちと、日向ぼこりしながらの四方山話。改めてお互いの生まれ故郷を確かめ合ってみると、なんとそれぞれ故郷が違っており、しかもこの在所からは、遠い地の人ばかりだったというのである。人の世の縁というものの不思議さにいまさら驚かされたという句意。「日向ぼこ」というのどかさとその驚きとのギャップが面白い。土着性の強かった昔を思えば、今昔の感しきり、という句である。

あるいはまた、「落葉」の句。掃き集めた落葉は、色も形も千差万別であるのだが、燃え上がれば赤いひとつの火色になる。あたりまえのことをあたりまえに詠んだだけの句であるが、「色即是空」にも似た句境といえる。ゆとりある心から生まれた句であろう。

ところで、作者の飯田さんは、永年、歯科医として医道を歩んで来られた方で、今もなお現役の人である。そして、ご子息やお孫さんたちもそれぞれに医道に進まれているとのことで、一家団欒のおりおりには、おのずと医業関係のことも話題になるのであろう。そこで、当然、医師という生業《なりわい》から生まれた佳吟も少なくないのである。

担当医だけの弔ひ春の雪
啓蟄や寝ぐせのままの当直医
往診の靴春泥の端踏んで
患者よりキャンセル電話目借時

「春の雪」の句。弔いに立ち合ったのは「担当医だけ」というこの事実の中に、どんな暗く重い事情があったのであろう。ながく医事に携わっているうちには、言うに言えない辛くやるせない現場に立ち会われたこともあったことであろう。「春の雪」の季語が、淡く切なく美しく全体を包んでいる。物語性の強い情景句である。

「啓蟄」の句。「寝ぐせのままの」がリアルでほのぼのとして楽しい。仮寝のベッドから起き抜けの当直医の風貌が浮かんでくるようである。

「春泥」の句。「端踏んで」に、往診の作者の気遣いがよく出ている。できるだけ急いで行こうと思うのはむろんだが、泥で靴を汚してしまうわけにはいかないのである。踏むまいとしつつ、つい端っこを踏んでしまったというおかしみの句である。「春泥の端」の「端」がいい。

「目借時」の句。患者にも患者の都合があるであろうが、こちらは往診のつもりでいたのに、急にキャンセルの電話。「おやおや」と思い、「やれやれ」とも思う微妙な心境を、「目借時」という季語によってうまく韜晦している。

梅雨闇や歯型合はする霊安所

この句は、「霊安所」という特異な場所での人事句で、句会でこの句に出合ったときから、強く印象づけられた。「歯型を合わす」というのは、歯科医ならばあたりまえのことであるが、それが「霊安所」というからには、遺体の歯型を合わすということである。それにしても「霊安室」ではなく「霊安所」というのは、広い空間を意味し、遺体の数も多いのであろう。季語の「梅雨闇」も、いっそう冷え冷えとした暗い空間を想像させる。句会で作者の「名のり」があった後、作者の飯田さんに作品の背景をうかがうと、かつて東日本大震災医療支援のために、福島の現場に行かれた当時の体験を詠んだ句であるということであった。被災者へのさまざまな支援活動をなさり、また、変わり果てた多くのご遺体とも向き合われたのであった。歯科医として、厳しい現場に立たれたのである。

しかし、飯田さんはそうした仕事の話などはめったにすることはなく、むしろ若い頃の遊蕩振りや武勇伝、また洒脱な遊びの話など、周りから聞かれるがままに、さりげなく話される楽しい人であり、言わば座談の上手な人なのでもある。

ひとつづつ碁石を磨く日永かな

囲碁好きでいるらしく、那智黒や蛤の碁石を丁寧に手入れする。まさに閑々自適のひとときである。

春風を追ひ越せさうな靴を買ふ
チューリップそれぞれの空あるやうに

両句ともに、発想がなんとも若々しい。そのうえ大らかで朗々たる余情のある句である。まことに健やかな心情の持ち主であることが分かる。

春眠や抱かれたる子も抱く母も

見たままの人事句でありながら、座五の「抱く母も」の着眼とその措辞が絶妙である。抱いてる母まで寝ているという意外な展開に「おやおや」と思い、それからちょっと間を置いて「なるほど」と納得し、程なく「くすん」と微苦笑を催す。すなわち、この座五の「抱く母も」によって、ぐんと俳諧味が増し、「春眠」という季語の本意が生かされているのである。まさに「春風駘蕩」たる情景句なのである。

新宿の素顔を曝《さら》す稲光
コロナ禍の夏よピカソのゲルニカよ
犇きておのれを焦がす落椿
更けてより踊り上手の入りけり
風の尾のごとく鰯の干されあり
紅葉づるや鬼が女に戻るとき
一枚となりても重し古暦
乾鮭の百本百の形相す
数へ日の拱手傍観書架の乱
福笑ひ上手に出来てつまらなく

これらの句群も、いちいちの鑑賞は略すが、どの作品も作者の飯田さんの素直でかつ弾力性に富む句心の良さがにじみでている作品である。殊にその発想の若々しさを賞したい。

さて、ここまで、主として飯田さんの句の発想の独自性に焦点を当てて記してきたのであるが、むろん本書には、本業の医業に関する句のほかにも、いわゆる境涯俳句というべき秀句も多くある。以下は、その一例である。

子 に 言 は ぬ 大 戦 の こ と 花 菫

ことに少年期に出合った戦争体験は、暗く重たいものがあったはずで、じかに目にした凄惨な情景なども脳裡に焼き付いておられることであろう。だが、そうした暗い体験のことは、ふだんは心の底に深く鎮め、前向きに前向きに人生を明るく強く歩んでこられた飯田さん。座五に「花菫」を据えたところに、飯田さんの繊細な優しさがうかがえる。

だが、そうした過去の強烈な体験というものは、なにかの折に、突然脳裡に鮮烈に蘇るものである。それを詠みとめたのが、次のような作品群である。

麦秋や記憶の底に滑走路
八月や酔へばふと出る軍歌《いくさうた》
開拓の凍てし石もて柩閉づ
反戦で結ぶ遺稿や墓洗ふ
冬麗や本の形の学徒の碑
老いてなほ戦の怯え虎落笛

特に、最後の「老いてなほ」の句は、戦争体験者ならでは詠めない作品であり、「虎落笛」という聴覚的描写によって、「戦の怯え」が、ひしひしと読み手に伝わってきて迫力がある。

歯科医として、長年医道に携わってこられた飯田さん。本人は、まだまだこれからという気持ちなのに、周囲の人の目はきびしいもので、自分のことを「老医」と呼んでいるらしいことを仄聞した。むろん、ベテランの医師という敬意を払ってのことであろうが、いささか不満でもある。だが、これもまた一興。他人事《ひとごと》であるかのような気持ちになって、次の句が生まれたものであろう。

いつからか老医と呼ばれ汗拭ひ

周囲のうわさをそのまま詠んだだけであるから句意は平易でなんの含みもない。しかし「汗拭ひ」という季語の斡旋がダントツに良い。この手ぬぐい一本が、句全体に生活感をにじませ、作者の境涯を象徴してもいる。そして、この「汗拭ひ」の季語が、今も現役であるということの力強さを示し、逆にまたおのずから、加齢による体力的な弱りまでをも表わしているのである。

本書の「木洩れ日」という句集名は、作者の飯田 博さんご自身が決められた。ただ「木洩れ日」が好きだからという理由であった。句集の中に、〈木洩れ日を拾ひ集めて三尺寝〉という句もあるので、なるほどと思った。閑雅自適の境地に相応しいものがあろう。

その悠々自適の心境は、なによりものぞましいことである。

けれども飯田 博さんは、俳句の道においては遅まきの出発であるだけに、今後の伸び代は大きい。

初仕事糊のきいたる白衣着て

この句にうかがえるように、飯田さんの発想は若々しく、句に勢いがある。今後のご活躍を大いに期待する所以である。

まずは、この第一句集の上梓を祝するとともに、これを発条《バネ》として、さらにご自身の句境を拓くべく、今後のお健やかなるご清吟をお祈りしたい。

令和四年十二月吉日

波戸岡 旭

木洩れ日／目次

句集　木洩れ日

春

六十句

風船の糸の長さにある自由
てふてふに直線の道なかりけり

ひとつづつ碁石を磨く日永かな

春昼や拠り所なき象の鼻

捩花も稚きときはまつすぐに
担当医だけの弔ひ春の雪

喪が明けてからの喪ごころ春の月

節分草ふやし浮世の外にをり

片栗の花を見て来し膝の泥

鎌倉に残る寒さや茶粥吹く

星座の名覚えて忘れ二月尽

啓蟄や寝ぐせのままの当直医

春昼や道をゆづらぬ路地の猫

半チャンが二時間となる遅日かな

春風を追ひ越せさうな靴を買ふ

坑道に彫られしクルス春の塵

春雷や何か言ひたき魚拓の目

春陰や古りし捻子巻き大時計

灰吹きのふちの凹みや山笑ふ

往診の靴春泥の端踏んで

鶏小屋へつづく飛石春の泥

雪解野の脈とる如く立つ農夫

釣銭にかすかな湿り植木市

大空の鼓動を指に凧揚ぐる

大凧の空くぼませて揚がりをり
凧おろす夕日もろとも引き寄せて

凧揚の児に大空の息遣ひ
ふらここや逢はざれば恋育つなり

春眠や抱かれたる子も抱く母も

春愁や仮設の家の大漁旗

吊し雛夜間保育園の窓に
戦災に焼け残りたる内裏雛

親からの小さき嘘や雛納め

磁気に付く針の連なり地虫出づ

レコードに昭和のノイズ地虫出づ

花莚横隔膜で笑ふ仲

犇きておのれを焦がす落椿

うぶすなの地べた尊し落椿

兵たりし人と軍歌や芽木の苑

丸ビルの裏に横丁青木の芽

子に言はぬ大戦のこと花菫

土筆摘むいつしか子等と遠くゐて

禅寺の中に保育所花まつり

春暑しコロナ禍に着る防護服

患者よりキャンセル電話目借時

旧姓の母の遺稿や花菜漬

種蒔きし土に蝶々口づけす

子雀のいつも離れてゐる一羽

上り鮎まだ諾へぬ吾が病

桜海老干すや眠たき波の音

春蟬を掌で聴く磨崖仏

花あせびトラクター置く牛舎跡

チューリップそれぞれの空あるやうに

外房や海へはみ出す花菜畑

御師の庭炬燵の名残り重ね干す

十円玉で開けるドロップ昭和の日

きんつばの店あつた筈荷風の忌

メーデーは忘れられをり空母来る

憲法記念日重き鞄を持ち歩く

鯛の骨せせるや憲法記念の日

夏

七十六句

コロナ禍の夏よピカソのゲルニカよ

麦秋や記憶の底に滑走路

麦秋や郵便船の遠ざかり

双発の七機編隊麦の秋

田水張るひととき天も地も平ら

アイロンの余熱を羽織る更衣

遠き日の兄は大食ひ鯉幟
鯉幟小さきがまづ風捉ふ

かんばしき夜は尾を垂れ鯉幟

葉桜や墓地に置きあるワンカップ

蕚に金残し牡丹の崩れけり

屋台組む七八人や樫若葉

禅寺の隅に首塚夏落葉

縄綯《な》へる如き晩学桐の花

いつからか雨に色あり桐の花

小満や少し濃くする割焼酎

母ありし頃の縁側莢豌豆

コンテナを運ぶ列車や青嵐

鶏糞の臭ふ農道青嵐

橋半ばにて薫風と思ひけり

風薫る仁王は格子抜けられず

夕立去り山河大きく息を吐く

梅雨闇や歯型合はする霊安所

梅雨寒や陀羅尼助煮る坊の土間

車椅子押すも高齢梅雨晴間

桜桃忌まだ音の出る手風琴

夏山を搾り切つたる水の音

清水汲む両手に雲を浮かばせて

夏服の胸の白さや原節子

また一つ日傘の増えし立話

自分流にかぶる夏帽老人会

小短冊の添へられてあり夏料理

ラムネ飲む根岸にむかし子規と律

落ちながら噴水水に返りゆく

推敲や時折り唸る冷蔵庫

わだつみの声はるかなり貝風鈴

戦知る人また逝けり走馬灯

打水の端踏む昼の寄席太鼓

里山の影置き田植終りけり

遊船を下り四万十《しまんと》川の風を脱ぐ

子供らの水につまづく水遊び

水中花ラフマニノフに首もたぐ

重き嘘言ふ病室や水中花
自粛にも少し慣れたる素足かな

風鐸の蒼き暗さや揚羽蝶

黒揚羽すんなり影と入れ替る

揚羽蝶空に起伏のあるごとく
なにするでなくて嬉しき裸足かな

いつからか老医と呼ばれ汗拭ひ

木洩れ日を拾ひ集めて三尺寝

夏燕いまだ半ばのダム工事

見るとなく見てゐる金魚うしろ向く

夜は夜のひかりを泳ぎ熱帯魚

夏蝶に風のいろいろ呑み横丁

夏蝶と共に駈けくる童かな

ほうたるの一つは誰ぞ離れざる

林道に入り開けてみる落し文
あめんぼの群るる水面の痒さうな

水草の揺らぎとなりて糸蜻蛉

蜘蛛の囲といふ感性の配線図

落書きに昭和の日付かたつむり

まだ残る弾薬庫跡草茂る

黴の書に藁の栞の開拓史

勲章は押入れの奥黴の家

巴里祭小さき茶房の蓄音機

炎昼や石屋に並ぶ石の艶

仕方なく笑つてしまふ溽暑かな

新宿の蓋あるごとき油照

雪渓やザックの中にハーモニカ

全村を統ぶる用水青田風

追伸の誰も同じや夏見舞

みんみんを前頭葉に飼ふ真昼

身の正気保ちて烏瓜の花

原爆忌ドームは大いなる遺骨

遺されし物が物言ふ原爆忌

林中に人の小さき晩夏かな

秋

八十四句

白秋や応挙の虎の猫めきて

初秋や触診の指あたためて

湧水に手を遊ばする初秋かな

八月や酔へばふと出る軍歌《いくさうた》

手に馴染むペンの重さや今朝の秋

通り抜け出来さうに天澄みにけり

昼席の跳ね新宿の秋暑かな

一坊へ一段づつの秋暑踏む

地球儀の縦横斜め秋暑し

新涼の鞄に加ふ野草図譜

新涼や身離れのよき焼魚

服用のコップの水や涼新た

百骸の軋む音して夜長かな

爽涼や残すに迷ふ美田なし

医学書を束ぬる余生いわし雲

鰯雲研ぎ屋の棄つる濁り水

その下に震災地あり天の川

墓洗ふだけの帰郷でありしかな

反戦で結ぶ遺稿や墓洗ふ

送り火の消ゆる頃より風動く

更けてより踊り上手の入りけり

盆踊りつひに輪に入る車椅子

ひぐらしや祖父の遺愛の煙草盆

かなかなや位牌ひとつの生家にて

鈴虫を育て自粛の家にをり
朝顔を大きく咲かせ小屋暮らし

路地の子のみな親となり鳳仙花

秋海棠青梅は寺の多い町

蕎麦の花山の暮色を遠ざけて

この庵に芭蕉も見たる月を観る

満月や骨透き通る深海魚

寝惜しみてまた庭に立つ良夜かな

追伸のやうにちりんと秋風鈴

新宿の素顔を曝《さら》す稲光

稲光山脈出たり隠れたり

新宿は大き軍艦秋落暉

水澄むや活断層の縁《ふち》に住み

秋灯や古書に黄ばみしパラフィン紙

秋簾居酒屋昼を商へり

定刻に通る貨物や鳥威し

遠くより夜の明けゆく威銃

ひよつとこも踊る女や村祭

六代もこの村に住み秋祭

月よりも星の煌めく賢治の忌

碧空の微塵となりて鳥渡る

日時計のローマ数字や小鳥来る

禅寺に過ごす一日や鵙高音

風の尾のごとく鰯の干されあり

秋の蚊の力尽せし痒さかな

釣果など気にせぬ竿に赤とんぼ

千曲川出水のあとの赤とんぼ

なけなしの地べたがありぬ虫の声

虫の音にどつぷりつかる野風呂かな

うなづくも撫づるも介護昼の虫

寂として虫の音ばかり粥啜る
荒庭はそのままにして虫を待つ

設計図だけの空地や虫の声

蓑虫の揺れて孤独を深めをり

糸瓜棚風にゆとりのあるらしく

蓮の実飛ぶ己が記憶を消すやうに

草の絮草を離れて甦る

だんだんと道狭まりて猫じやらし

曼珠沙華石碑に刻む一揆の地

地球儀の日本は赤し曼珠沙華

切通し曲がる風先油点草

鎌倉の落日はやし油点草

養生訓貼る病室や菊の酒

古書店に長居をしたる十三夜

手を拍《う》つて鯉をはげます十三夜

仏にも神にも供へ零余子飯

暁光に映ゆる甲斐駒柿すだれ

空稲架の先奥能登の海荒るる

秋刀魚焼く都政の闇に遠くゐて

正論は程々にして秋刀魚焼く

赤紙の話題秋刀魚の腸を食む

残る虫書架に形見の聴診器

恥多く過ぎし昔や熟柿吸ふ

紅葉づるや鬼が女に戻るとき

紅葉山引き返すならこのあたり
はにほへといろは団栗落ちにけり

榧の実を噛み晩学の志

多摩の日を奪ひ尽して烏瓜

さらさらと秋の去り行く砂時計

寒村の案山子ばかりが若作り

冬

九十八句

天神の牛もまどろむ小春かな

酒壺にかはらけの蓋小六月

冬温し隠岐に手掘りの運河かな

木枯や膝に戻りし家出猫

木枯の夜の鬼平犯科帳

横丁を美登利来さうな初時雨

活断層よぎる段丘大根引く

伝来の土が自慢の蓮根掘る

揺り椅子に揺るる光陰木の葉髪

熊手売る威勢の前を通りけり

結核の予防ポスター一葉忌

冬薔薇の思はぬ赤さ憂国忌

綿虫に逢ふために行く無人駅

返り花乗馬クラブの失せてをり

古書店の棚に福助花八つ手

降るよりも降る前暗し花八つ手

我を呼ぶ声のあたりに冬紅葉

石蕗の花祖父の代より住む生家

海といふ大き受け皿冬落暉

保育所に残る一灯暮早し

庭園の整ひ過ぎてゐる寒さ

鳴龍や御堂は寒気棲むところ

見えてゐる寒さと聞こえくる寒さ

開拓の凍てし石もて柩閉づ

寒晴や音を残さぬ飛行雲

冬麗や本の形の学徒の碑

寒オリオン折鶴どこも鋭角に

老いてなほ戦の怯え虎落笛

初雪を留めて峰の大いなる
枯木山ぱちぱち星の爆ぜてをり

潜みゐしものの見えくる枯野かな

早暁の土の吐息や霜柱

着膨れや絵馬につぶされさうな絵馬

着膨れが集ひ双子座流星群

乾鮭の百本百の形相す

河豚雑炊雨はネオンに集まりて

助手席の犬が顔出す焼芋屋

蕪汁老いて見えくるものの数多

おでん酒切らねばならぬ縁ひとつ

遠き日が近くに見ゆる冬籠

部屋中にメモの大小冬籠

純粋といふ気づまりや白障子

湯たんぽに足をあづけて今日終る
知らぬ者同士となりぬ焚火の輪

咳一つこぼし緊張ほぐれたる
麗しき人に似合はぬ大嚏

息白し地球ときどき赤き息

白息を手に揉み込んで物売女

縁側の客となりける日向ぼこ

臓も腑も開けたき気分日向ぼこ

日向ぼこ生国遠き者ばかり

更にその上の気流に乗りし鷹

牡蠣啜るみちのくの海すすること
菰逃れたき日もあらむ冬牡丹

枇杷の花隣に住みて死を知らず
色々の落葉ひとつの火となりぬ

足取らるる程の落葉の嵩であり
ひとりでもふたりの如し落葉径

面構へ見せはじめたる冬木かな

裸木の幹を叩けば父の声

枯れ果てて園は奥行得たりけり

まさをなる空に割り込む冬木の芽

あめつちの恵みに充ちて蓮枯るる

一代で終る農家や掛大根

十二月八日老人みな若し

ボロ市や寝せて売らるる掛時計

とりあへず五年運用日記買ふ
一枚となりても重し古暦

冬至風呂八十歳の肋撫で

年忘れ思はぬ人の安来節

数へ日の拱手傍観書架の乱

待春の孔雀は飛ばぬ羽根ひろげ

あらたまや机の端に紙の辞書

人生を怠けて生きて初日の出

初みくじ声あげて読む留学生

曽孫の笑顔加はる初写真

曽祖父と娘に呼ばれたる初写真

遺言と思ふ軍刀蔵開き

だんだんと顔の寄りくる歌がるた
声変りして双六に加はらず

福笑ひ上手に出来てつまらなく

初仕事糊のきいたる白衣着て

小枝もて錠する小屋や寒の入り

小さきを小声で値切る達磨市

父祖の地を離れて遠し薺粥

持病など言ひたくもなし鶯替ふる

寒の旅胸にニトロを忍ばせて

雪の降る音よりほかになき高野

地図になき山の吊橋風花す

風花や基地を貫く油送管

凍滝にひとすぢの水生きてをり

滝凍つる木つ葉微塵の光秘め

宇宙にも上下のありや寒卵

探梅に一人来しこと惜しみけり

探梅や空の青さを見て帰る

動かざる日差し動かし寒鴉

ダム底の筈の畦道冬すみれ

池普請道路跨いで鯉運ぶ

あとがき

私は子供のころからスポーツ好きであった。特に球技系統のスポーツが好きで、野球をはじめボーリングやゴルフなどに夢中になったものだった。そんなスポーツ好きの私が、五十一歳の初冬、媒酌人を頼まれて新潟に向かう途中、北陸自動車道で交通事故に遭い、脳挫傷・顔面陥没骨折の大怪我を負った。幸い手術は成功したが、その後遺症のため、以後の私の運命は変わってしまい、障碍者のような暮らしをせざるをえなくなった。当然、スポーツは諦めざるをえなくて、その代わりに気慰みの居酒屋通いが少し増えていった。しかしそれはそれで楽しく、以前の世界とは違った人たちとも知り合いになることができたのは幸いであった。瀕死の事故に遭って諸々のことがあったが、しかし自分の生業の歯科の医業は、ずっと今日まで変わらず続けてくることができた。

ところで、私の住んでいる東京都国立市には、ＮＨＫ学園という教育機関があり一般教養および趣味の講座にも力を入れている。ある日、吾が診療所に患者としてＳ氏という老紳士が来院した。Ｓ氏は元ＮＨＫのアナウンサーであり、同学園で俳句を教えていて、「ホトトギス」の同人であった。別の日、私は行きつけの居酒屋で、偶然、勤務帰りの彼とその同僚たちと出会った。話に興じているうち、彼から熱心に俳句を勧められた。聞いているうちに私も興味が増してきて、彼の職場の句会に出席するようになった。私は無所属であったから、ほかの超結社の句会にも誘われるままに出かけるようになった。

その後、平成三十一年に、国立市在住の「天頂」同人のM氏と出会い、「天頂」の句会に参加した。そこで指導に来ておられた波戸岡 旭先生に魅かれて、正式に「天頂」に入会した。本格的に俳句をやろうと思ったからである。

これまでの私は、運命に振り回されるがままの人生であったが、俳句に出会えたこれからは、俳句を生き甲斐とし、俳句を老後の楽しみとして、一日一句を目標に句作に励みたいと思っている。

本書の出版にあたり、波戸岡 旭先生の御選および序文を頂戴した。平素より温かいご指導を賜っていることと併せ、心より御礼申し上げげたい。

令和四年十二月吉日

飯田 博

著者略歴

飯田　博（いいだ・ひろし）

昭和十一年六月　八王子生まれ
桐朋学園中・高校卒業
日本大学歯学部卒業
平成三十一年　「天頂」入会
令和元年　「天頂」同人　現在に至る

現住所
〒186-0003　東京都国立市富士見台2-6-25

句集　木洩れ日　こもれび
二〇二三年三月一日　初版発行
著　者——飯田　博
発行人——山岡喜美子
発行所——ふらんす堂
〒182-0002 東京都調布市仙川町一—一五—三八—二F
電　話——〇三（三三二六）九〇六一　ＦＡＸ〇三（三三二六）六九一九
ホームページ http://furansudo.com/ E-mail info@furansudo.com
振　替——〇〇一七〇—一—一八四一七三
装　幀——君嶋真理子
印刷所——明誠企画㈱
製本所——㈱松岳社
定　価——本体二七〇〇円+税
ISBN978-4-7814-1534-5 C0092 ¥2700E
乱丁・落丁本はお取替えいたします。